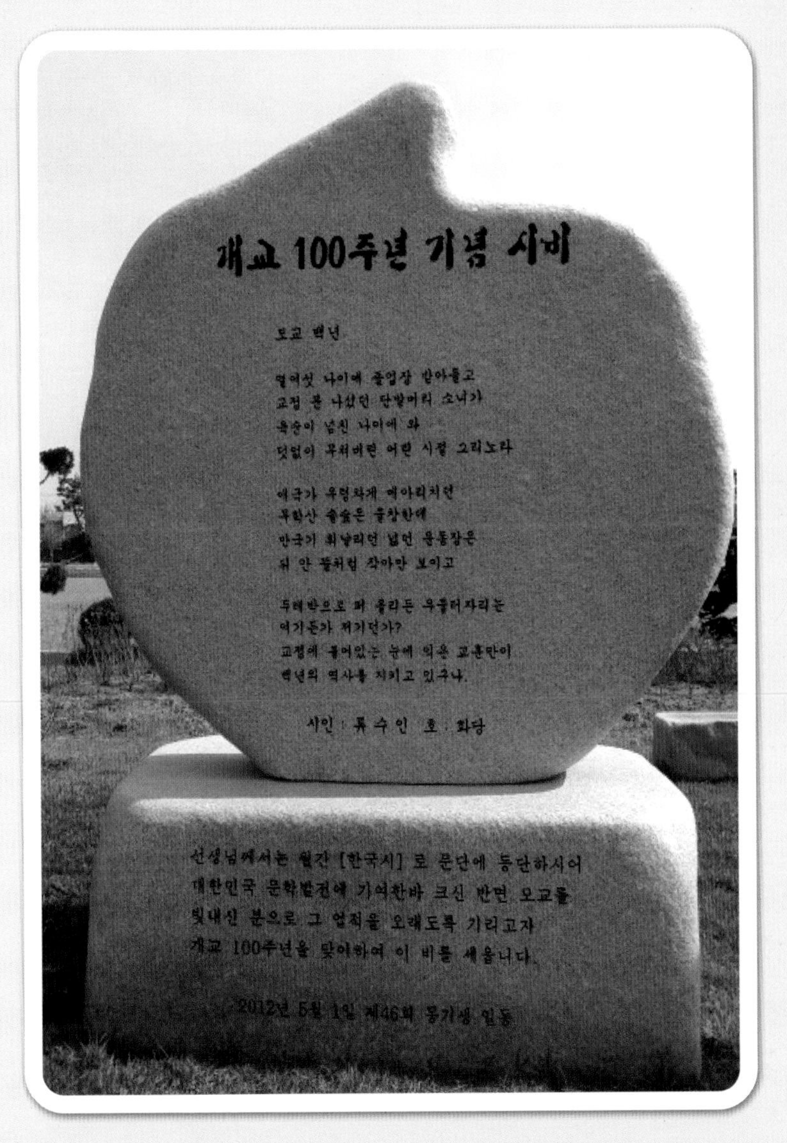

류수인 시인, 모교 100주년 기념시비 건립
(용안초등학교 교정)

세상은 꽃이 있어
아름다운 것 아니다

세상은 꽃이 있어 아름다운 것 아니다

초판인쇄 | 2022년 2월 20일
초판발행 | 2022년 2월 25일

지 은 이 | 류수인
펴 낸 이 | 배재경
펴 낸 곳 | 도서출판 작가마을
등 록 | 제 2002-000012호
주 소 | 부산광역시 중구 대청로 141번길 15-1 대륙빌딩 301호
T. 051-248-4145, 2598 F. 051-248-0723 E. seepoet@hanmail.net

ISBN 979-11-5606-191-5 03810 정가 10,000원

※ 본 시집은 한국예술복지재단의 디딤돌 창작기금 지원을 받았습니다.

한국예술인복지재단

세상은 꽃이 있어 아름다운 것 아니다

| 류수인 시집 |

도서출판
작가마을

● 서문

모든 글은 나름의 자서전

나태주(한국시인협회 회장)

모든 글은 그 사람의 인생에서 나옵니다.
삶의 경험을 넘지 못하지요
그런 점에서 모든 글은 나름대로 자서전이라
할 수 있겠습니다.
이번에 읽게 된 류수인 시인님의 시편들도
시인의 인생 기록이고 그 나름 자서전이라 하겠습니다.

유순한 인생을 사셨군요 따뜻한 인생을 사셨군요
시의 문장에 그런 모습이 나타나 있습니다.
읽는 사람으로 하여금 따스한 느낌을 받게 합니다.
긍정적인 힘을 느끼게 합니다.
무릇 글은 독자에게 도움을 주어야 합니다.
무엇보다 사람의 마음을 부추기고

좋은 쪽으로 고양시키는 도움을 주어야 합니다.
그런 점에서도 류수인 시인의 글은
많은 힘을 내부적으로 지니고 있습니다.
앞으로도 더욱 좋은 글을 쓰시어 많은 사람들에게
도움을 주는 시인이 되시기를 바랍니다.

제가 아는 말씀 가운데 가장 좋으신 말씀은
단군 임금의 '홍익인간'이란 말입니다.
우리의 시가 사람들에게 보다 많은 도움을 준다면
얼마나 좋을까요.
시를 통해 세상 사람들에게 선한 영향력을 준다면
그 또한 얼마나 좋을까요.
류수인 시인님의 시편들이 그렇게 되시기를 축원합니다.

세상은 꽃이 있어
아름다운 것 아니다

● 시인의 말

생선 한 점 입에 넣기 위해
가시를 발라내는 시간은 먹는 시간보다 몇 배나 길다.
그렇지만 생선 한 점의 기막힌 맛을 음미할 때
가시를 발라내는 시간이 뭐 대수랴
생선 한 점 먹기 위해 추려낸 가시 부피는
만만치 않다.
시 한 편 추려내는 것이 이에 비교 될까.

너는 정말 이것을 쓰지 않으면 견딜 수 없느냐고?
스스로에게 질문해서 나는 정말 이것을
쓰지 않고 배길 수가 없다는 생각이 들면
그때 비로소 생의 필연성을 건설해야 하는 것이
시 라고 릴케는 말하였다.
나는 과연 생의 필연성으로 이 시들을 건설한 것일까?

2022년 봄
저자 화당 류수인

류 수 인 시집

차례

제1부

제2부

차례

제3부

제4부

차례

제5부

제1부

세상은 꽃이 있어 아름다운 것 아니다

앞에 간 이들이 돌아오는 것을
우리가 보지 못한 것처럼
우리가 돌아오는 것을
뒤에 오는 이들이 보지 못할
어제와 오늘의 징검다리
오늘도 무사히 건넜구나

백리 길 천리 길 멀다 않고 날아가
헤매인 만큼의 노력으로 얻은 한 방울 꿀
가슴에 품고
제 둥지 찾아 돌아오는 꿀벌들 삶 같은
우리네 삶

사람아
나의 사람아
아프지 말자 아프게 하지 말자
세상은 꽃이 있어 아름다운 것 아니다
우리가 있어 아름다운 것이다

인생은 배우다

인생은 배우다
한평생 울며 웃으며 사는....

나에게 온 사람아
운명 따라 나에게로 왔느니
너와 나 운명 따라 가다 보면
우리가 꿈꾸는 세상에 이르게 될지

설령 이르지 못한다 하더라도 서러워 말자
우리는 신으로부터 생명을 받아
세상이라는 거대한 무대에 발 디디는 순간부터
신께서 각본 한 대로
울고 웃는 배역을 반복해야 하는 배우다

우리에게 주어진 울고 웃는
이 배역 끝나면
우리 인생도 끝날 터.

인생살이가

맘이라는 것이 하루에
일만 칠천 번 생각 일으킨다는데
생각 많은 인생살이 생각해 보니
이 몸은 생각의 종이네 그려

종살이에서 벗어나리라는 생각
하루에도 수없이 해 보지만
쓸어질 뻔하다가 일어서고
일어설 뻔하다가 쓸러지는 인생살이가
종살이 면할 수 없게 허네 그려.

황금 꽃술

겨우내 매쳐온 모란 꽃봉오리
사월 초 어느 날 소담스럽게 피더니
일 칠도 못가서 떨어지네 붉은 꽃잎 뚝뚝
쏟아져 내리네 황금 꽃술 우수수

무슨 힘으로 막으랴 넋 놓고 바라보니
쏟아져 내린 황금 꽃술도 넋 놓고
나를 바라보네.

바람과 풀잎

바람이 불면 기세등등한 장군의 적병들처럼
풀잎들은 슬슬슬 엎드린다
엎드린 채
스스로의 지존에 구겨진 체면을 들키지 않으려는
궁극적 생각에 몰입한다
다들 엎드려 있는 마당에
설마 내가 엎드려 있는 것을 알겠느냐는....
바람이 지나가기 무섭게 남 먼저 일어서리라는....

바람이 불면 엄청난 바람이 아니더라도
풀잎들은 슬슬슬 엎드린다.

헤프게 산 덕으로

철들기 전에는 부모님 슬하에서
빈둥빈둥 허황된 꿈이나 꾸다가
철들면서부터 내 갈길 찾아 동분서주 했지만
지금 이렇게 살고 있는 것이 다다
그냥저냥 체면 가림 하는 정도

좀 더 지독하게 계산 튕기며 살았다면
지금보다 훨씬 나은 삶 살고 있을 텐데
헤프게 산 것 같기도 하고
헤프게 산 덕으로
이 나이에 따돌림 받지 않고 사는 것
같기도 하고

이런저런 궁상으로 밤 잠 설치다가
이러다가 하느님께 돌아가면
하느님께서 분명
무엇을 하고 왔느냐고 물으실 텐데
답할 거리라곤
후원금 암만 정도

그거나마
큰 호통은 면할 란가.

인지상정人之常情

누군가가 울고 있습니다
울고 있는 이의 등 뒤로 누군가가 다가가
등 다독거리며
가만히 손에 손수건 쥐어줍니다

손수건 받아 쥔 이는 더 섧게 웁니다
더 섧게 우는 이 달래며 손수건 건네준 이
함께 따라 웁니다

우리는 다 각자이고
각자의 삶을 향하여 가고 있지만
마음은 통해서 설움 통하고
설움이 통해서 같이 울고
기쁨이 통해서 함께 웃습니다

굳이
너라든지 나라든지 따지지 맙시다
따지는 일은 상처를 남기는 일입니다.

미루나무

– 세태

친구야,
저 아름드리 미루나무 잎들이
저렇게 무성한데
저 미루나무에
새 둥지가 몇 개쯤이나 있을까

글쎄!
짙푸른 잎사귀 겹겹이 둘러친 이 여름철에
어떻게 알겠나
잎 지는 가을이 와봐야 알겠지

세상 이치가 다 그런 거 아닌가
계절은 바뀌기 마련이고
계절 바뀌면 잎들 우수수 지기 마련이고
잎 지면 숨겨진 것들
다 드러나기 마련 아닌가.

젊은 날의 초상

만약에 말이다
우리가 죽어 윤회생사에 의해 다시
사람으로 태어나는 행운을 얻게 된다면
혈기왕성한 나이쯤 되어 다시 만나게
된다면 말이다
그때는 너는 내가 되고 나는 네가 되어 만나자고
그러면 우리는 서로가 바뀌어졌으니
얼마나 마음 잘 통하고 이해도 잘 할까
아무것도 아닌 일로 토라져 등 보이고 할 때
조롱하듯 하던 그대의 그 말 떠올라
웃음 터지는 젊은 날의 초상.

나비와 풀잎과 바람

나비 한 마리 풀잎 앞에서 나풀나풀
앉으려는 몸짓 신중한데
휙! 불어온 바람이 풀잎 사납게 흔들어
훼방 놓는다

한발 물러선 나비는
바람이 지나가고 풀잎 잠잠해지니
다시 풀잎 앞으로 다가가 앉으려는
시도 반복한다
그렇지만 또 다시 불어온 바람은
풀잎을 사납게 흔든다

마치 우리네 삶 전선과도 같은
저 광경.

잡초

– 피

벼의 피를 말린다고 해서
부쳐진 이름이기도 하고
푹푹 찌는 여름철 땡볕에서
이 잡초 제거하는 일이 피를 말린다고 해서
부쳐진 이름이기도 하다는 피라는 잡초

원채 교묘하게 벼와 똑 같아서
일평생 농사일로 늙으신 우리 아버지도
번번이 속아
물 대고 거름 주고 벼와 똑 같은 대접하며
공들여 키우시지만
결실 거둘 시점에는 안면 싹 바꾼
몰염치한 족속 같이
벼 닮았다고 피가 벼 씨를 맺을 수 있느냐고,

좁쌀 같은 피 종자 조롱조롱 달고
공손하게 머리 숙이고 있는 벼 이삭 곁에 달싹 붙어
대꾸하듯 머리 빳빳하게 들고 있다.

일원 반 푼의 가치

사람에게는 사람 저마다
참지 못하는 힘과 참는 힘이 있다
아니 참지 못하는 힘이
참는 힘을 이기는 쪽의 사람들이
이 세상에는 훨씬 많다
그렇지만 참지 못하는 힘이 참는 힘을
이기는 사람이 대단한 것은 아니다
외려 위험천만한 일일 뿐!
값으로 따진다면 일원 반 푼의 가치일 뿐!
그런데도 사람들은 일원 반 푼의 가치에
목숨을 건다.

시 읽는 아침

몇 줄 시
접하기 위해서
신문 뒤지다가

용케도
내 마음 빠져들게 하는
시 한편 만나

그 시
한편에서 얻은 감동으로

지구 한 바퀴 반 돈다는
내 몸속 피
찌릿찌릿.

人生살이

영화처럼 멋없으면 어떻고
유치하면 어떠냐
우리네 삶은 그렇게 고상하거나
로맨틱 하지만은 않다

화려한 장미꽃의 이면에는
날카로운 가시가 숨어 있다
우리네 인생살이라고
다를 바 있더냐

그저 그렇고 그렇노라고
터놓고 살면 마음 편하다.

반려견 수동이

집 앞 골목 길가 전봇대에
시원하게 오줌 한번 갈긴 것을 마지막으로
달려오는 차량에
외마디 비명 한 번 내지르며
이 세상에서 저 세상으로 운명을 달리한 녀석

녀석이 그리운 마음을 주체하지 못하여
녀석과 거닐던 골목길을 걸으면서
두 갈래 길 앞에 이르면
이쪽으로 갈까요 저쪽으로 갈까요
나를 올려다보며 눈빛으로 물어보던 고 녀석이
곁에 있는 듯 하여 이름을 불러본다 수동아,

골목길을 서행하지 않고 내달리던
차량 운전자는 내 울부짖음에
목줄을 풀어놓은 것을 이유로
자신의 잘못을 전가하고
나는 내 가슴에 묻은 애지중지 여기던 녀석을
오늘도 눈앞에 그리며
녀석과 거닐던 골목길을 걷는다.

여름 풍경

박꽃 진 자리에서는 쪼막 만한 박이
덩실한 보름달을 꿈꾸고
호박꽃 진 자리에서는
애기 호박이 강보에 싸인 아기처럼
호박잎을 덮고 새근새근 자란다

잠자리는 쳇 머리 흔드는 풀잎 끝에
한사코 앉으려는 시도를 반복하고
매미는 미루나무 가지에 납작 붙어
목청을 다듬고 다듬어 보지만
그 소리가 그 소리일 뿐이다

참새들은 허수아비를 허수아비로 보는지
자유분방하게 논밭을 넘나들고
그러든지 말든지 벼는 묵묵히
황금빛으로 물들어 간다.

엿장수 가위

그거 아나
엿장수 가위라고
엿장수 마음대로 만들어지지 않는다는 거
엎어 치고 뉘어 치고 모로 치고 새로 치고
그것도 요령껏 두들겨 쳐야
차랑차랑한 소리 내는
엿장수 가위 된다는 거
살아가기 위해서 살아남기 위해서
밀고 밀리고

그러다보니까
밀리지 않으려는 요령도 생기는 기라
그래서 말 인디 혹! 그거 아나
시퍼렇게 날 선 낫 한 자루가
날 선 낫이기 전에는 그저 투박한
쇠막대기였다는 사실.

제2부

말의 마력

누군가가 누군가에게
나이에 비해 무척 젊다고 말하면
듣기 좋게 하기 위한 말이라는 것을
알면서도
듣는 이는 은근히 으쓱해 한다

누군가와 누군가가 대화 도중
상대의 흠을 들추어 꼬집어
꼬집히는 사람의 입장이 난감 할 때
곁에 있던 누군가가
아니라고 적당한 말로 덮어준다면
불을 끄는 일이고
부추긴다면 부채질이다

말은
싸늘한 분위기에 온기의 바람을
불어넣어 주기도 하고
어둠에 갇힌 길을 열어주는
빛이 될 수도 있다.

초목

때를 알아 피니
경솔하지 않고
때를 알아 지니
천박하지 않다 초목은

필 때는 질 것을
염두에 두었기에
지는 것을 주저하지 않으니
보기에 평화롭다.

인생

잘 나간다고 우쭐거리지 마
뒤쳐진다고 좌절하지 말고
지구는 끊임없이 돌고 있어
웃는 사람 평생 웃으며 살지 못하고
우는 사람 평생 울며 살지 않아

운명 앞에 흔들리지 마
주눅 들지 말고
지구는 끊임없이 돌고 있어
웃다가 울고
울다가 웃으며 사는 것이 인생이야.

친구에게

큰 눈에는 거짓이 없고
작은 말소리에는 진실이 없나니
친구야 나를 맞을 때는
너의 두 눈 동공이 화등잔만 했음 한다

진실은 눈에 담겨 있고
거짓은 입에 담겨 있나니
친구야 나를 맞을 때는
실눈으로 달콤한 인사
건네지 않았음 한다.

머리 다툼

이렇게 생각하면
저렇게가 옳은 것 같고
저렇게 생각하면
이렇게가 옳은 것 같고

하나의 뇌 속에도
두 파가 있어
옳으니 그르니
머리 터지게 다투는데
하물며 세상살이야.

사랑

눈으로 와서
마음에 뿌리 내리는 것

바라보면 자라고
바라보지 않으면 멈추는 것

속칭
세상에서 가장 좋은 것
달콤한 것

아- 그러나
세상에서
가장 치사한 것.

가시 속에 피는 장미

아이야
너는 무슨 꿈을 꾸며
어른이 되어 가느냐

꿈을
이루는 것은
장미를 꺾는 것과 같단다

보아라
장미가 저렇게
화려하고 아름답지만
가시 속에 피어 있지 않니.

포수 이야기

막다른 길에 다다라 허둥거리는 짐승 향해
방아쇠 당기는 포수를
만약 짐승의 가족이나 동료들이 지켜봤다면
무어라고 할까 그래 인간들은 피도 눈물도 없어
라고 말하겠지
그러나 막다른 길에 다다라 허둥거리는 짐승에게
길을 열어주고
총부리를 돌린다면
그들의 가족이나 동료들은 입을 모아 말하리라
그래 인간들만이 할 수 있는 일이야.

매화꽃

흰 매화꽃 위에
흰 눈 내리네

치닫듯 오는 봄에
치닫듯 피더니

매화꽃 어리둥절
가도 오도 못하네.

비단실 같은 시

누에는 거칠고 억센
시퍼런 뽕잎 먹으며 살지만
백옥 같은 고추 만들고
백옥 같은 고추는 비단실로 풀려나와
비단 옷이 된다

시인은
고달프게 애달프게 살아온 시인의 시일수록
비단실 같고
비단실 같은 시는
고달프게 애달프게 살아온 사람의 가슴을
천둥소리처럼 울린다.

세상살이

세상살이 다 그런 거다
새순이 자라면서 억세지 듯
억세지며 사는 거다
개망초 꽃 한들거리는 모퉁이 길에서
우직하게 부딪쳐도
박살 나지 않는 바람 같이 사는 거다

키 받쳐주지 않으면 혀라도 내어 밀어
놀놀하게 익어가는 산 다래 따 먹는
산 노루같이
요령 있게 사는 거다

용서할 수 없을 만큼 미운 놈도
산비탈에 얼어붙은 잔설 녹이는
봄빛 같은 마음으로
용서하며 사는 거다.

나의 집

자 이제 집으로 돌아가자
갈 숲 뻘게들이 진흙 속에서 뒹굴다가
해 저물면
용케도 수많은 구멍들 속에 제 구멍 찾아
들어가듯이
저 뻘게 구멍처럼 촘촘히 들어선 집들 속에
너의 집도 나의 집도 있지 않은가

집에는 남자는 아내와 가족들이
여자는 남편과 자식들이
나는 우리 강아지가 목 빠지게 기다린다네

세상에서 가장 자유로운 자세로 누울 수 있는
안락의자와 같은 나의 집.

모션motion

바람도 불다가 지치면

잠시 멈추고

비도 내리다 지치면

잠시 그친다

자 우리도 굽혔던 허리를

잠시 펴보자

사람은 누구누구 할 것 없이

굽히는 것을 싫어하지만

굽히는 것은

무거운 짐을 가볍게 해주는 무기다

굽히는 것은 허리를 펴기 위한 모션이다.

민들레 한 그루

골목을 휩쓸며 돌아다니다가
발부리에 정착하는 흙 먼지에
휘말려온 양분

비라도 오는 날이면 빨아들이며
목숨 부지하고 살더니

봄 되니
꽃 대궁 한줄기 쭉 뽑아 올려
꽃 피어 살랑거린다
도심 한적한 골목길
어느 부잣집 대문 모서리 세면 틈에
민들레 한 그루.

울 엄니

저것 좀 봐라
꽃들이 죄다 피부렸다 어지 밤에

활짝 핀 화초밭에 꽃무리 바라보시면서
환호 아닌 탄식처럼 말씀하시던 울 엄니

맺힌 꽃망울 어루만지시면서
니들은 츤츤이 펴라
후딱 피면 후딱 시든다 이르시더니
울 엄니
늙기도 전에 후딱
하늘나라로 가시었네

지금은 하늘나라에서
꽃으로 맺혀 계실까 피어 계실까
보고 싶은 울 엄니.

삶이란

삶이란
숲속을 헤쳐가 듯 운명을 헤쳐 가는 것
비가 오거나 바람이 불어도
지체하지 않는 것

삶이란
오늘과 내일의 징검다리에 심어 놓은
꿈나무 한 그루를 간절히 바라보는 것
절벽에 부딪쳐 부서져도
뒤돌아 달려가
바람과 싸우는 파도 같은 것

삶이란
주변에 있어도 멀리 있는 것처럼
애틋이 사랑하는 사람과
조용히 나이 들어가는 것.

가을 장미

늦가을 봉우리 맺어
피지도 지지도 못하고
움츠린 작은 새처럼
매달려 있는 장미를

안쓰러운 마음에 꺾어와
물 한 컵 담아
꽂아 놨더니

안방의 온기로
보풀보풀 보풀어
제 이름값 하느라 화려하네.

세상은 꽃이 있어
아름다운 것 아니다

제 3 부

살아온 날들은 사라지고

살아온 날들은 사라지고
남아있는 날들을 생각하게 하는
나이가 되었다
어떤 수학공법으로도
어떤 괴력을 다 동원해도
변화시킬 수 없는 이 사실
이 사실 때문에 나는 오늘도
인적 드문 공원길
나무 벤치에 홀로이 앉아 생각한다
남아 있는 날들을 나는
나의 뜻을
어떻게 따라야 후회 없는 삶
살 것인가.

나의 시 정원

새로운 꽃을 나의 시 정원에
심으려고 합니다

뿌리 잘 내리게 하려고
상당히 오랜 시일동안을
농부가 씨 뿌리기 전에 흙 고르듯
나의 시 정원 흙을 고르고 골랐지요

새로 심을 꽃 이름은
아직 지어지지 않았습니다

꽃을 심고
뿌리가 안정된 자세로 자리 잡으면
제 모습에 알맞는 이름을 지을 생각입니다.

그 기억

많은 세월 흘러가며 희석도 될법한데
가도 가도 뚜렷한 그 모습이여

헤어지지 말자든 그 언약
헛되어서가 아니다

헤어지기 싫어서 잡은 손 놓지 못하고
서로의 눈빛만 바라보던
그 기억 때문에서다.

이름 모를 초목에게 사과하다

자전거 길과 인도 사이에
울타리로 쳐 있는
가시덩굴에 가까운 이름 모를 초목이 있다
어느 날인가부터 이 길 지날 때면
퍽도 그윽한 꽃향기가 코를 자극한다
설마하니 저 지저분한 덩굴에 핀
볼품없는 꽃들에게서…
그러나 그것이 사실임이 확인될 때
오. 이 민망함이여

나는 겸연쩍어하며 허리 굽혀
가시덩굴에 핀 꽃에게 코 바짝 대고
향기를 깊숙이 들이 마시며 속삭이듯
사과 말 건넨다
겉모습만 보고 판단하지 말라는
우리 아버지 가르침이 있었는데
미안하다 초목아.

아우에게

배 출출하면 텃밭에 심은 옥수수 밭
번갈아 가서
옥수수 껍질 까보며 싱겁게 웃던 아우들아
이 글 한번 찬찬히 읽어보아라
보면서 돌아 보아라 어린 시절을

할머니 턱밑에 붙어 앉아 옛날 얘기
침 꼴깍꼴깍 삼키며 들으면서
재미있어하던
이제는 너희들도 할아버지 할머니 된지
오래인데
내 마음속에는 언제나 싱겁게 웃던
어릴 적 그 모습이다

그래서 말한다 아우들아
혹시라도 이 누나가 너희들 나무랄 때
코 흘리든 어릴 적처럼
한 대 쥐어박을 듯한 말투더라도 섭해 하지 말아라
무슨 말 뜻인지 알겠지.

목화 꽃

목화 꽃 지면
아기 젖꼭지 같은 열매가 맺혔다
조금씩 조금씩 자라면서
열매는 단물이 배이고
단물 밴 열매를 따
푸른 빛깔 껍질 벗기고
하얀 알갱이를 입에 쏙 넣으면
사르르 녹는 보드랍고도 달콤한 맛

그 맛에 길들여진 어린 것들은
목화 꽃 질 때를 기다리고
할머니께서는 흰 구름처럼 피어오른
목화송이를 따기 위해 가을을 기다렸다

이제는 그때 그 어린 것들은
그때 그 할머니 모습으로 변하였고
그때 그 할머니는 하늘나라에서
목화구름으로 피어오른다.

부모님 무덤 앞에 앉아

추석명절 다가오면
설 명절 다가오면
객지 나가 사는 자식들 찾아오려나
마을 입구 나가시어 기다리시다가
저물도록 기다리시다가
터벅터벅 발걸음 돌리시곤 하시었다는
생전의 우리 아버지
이제는 산자락에 덩그만이
덧없이 우리를 기다리시네

부모님 슬하에서 옹기종기 모여 살 때는
애지중지 우애도 깊었으련만
이제는 뿔뿔이 제 길 찾아 떠난 형제들
한 자리에 모여 앉기조차 어렵네

이 불효한 삶 누구를 탓하오리까
명절날 부모님 무덤 앞에 앉아
속죄하며 불러봅니다 아버지.

내가 사랑을 어떻게 하는지 모를 때

내가 사랑을 어떻게 하는지 모를 때
내 애인께서는 나에게
사랑하는 방법을 가르쳐 주었지요
어느 여름날이었어요.
우리는 아무런 녹음이 없는 벌판을 걷게 되었지요
그때 내 애인께서는
햇빛 가릴 어떤 도구가 없는 것을 안타까워하시면서
당신의 손바닥으로 햇빛을 가려 내 얼굴에
그늘이 들게 해 주었어요

내가 사랑을 어떻게 하는지 모를 때
내 애인께서는 나에게
사랑하는 방법을 가르쳐 주었지요
눈보라가 치는 어느 겨울날이었어요
눈보라가 워낙 거세어
자신의 몸도 가누지 못할 상황이었음에도
내 애인께서는
당신의 겉옷으로 내 얼굴을 감싸 안고
당신의 육신으로 눈보라를 가로 막아주었어요

내가 사랑을 어떻게 하는지 모를 때
내 애인께서는 나에게
사랑하는 방법을 가르쳐 주었지요
우리는 심한 갈증을 느끼고 있었어요
물이라면 썩어 구덩이가 우글거려도
단숨에 마셔버릴 그런 지경의 갈증이었어요
그때에도 내 애인께서는 물을 보자
당신의 타는 갈증 뒤로하고 나에게 먼저
물을 권해 주었어요
내가 사랑을 어떻게 하는지 모를 때
내 애인께서는.

바람 불더라도

– 故 장기연 시인 영전에

맺어 놓은 인연들 이별 인사가
무겁게 흔들리는 비 맞은 나뭇잎처럼
무거운 마음으로 서로가 서로를 물끄러미
바라보던 날

바람 불더라도
떨어지는 잎은 되지 말라고
손 꼬옥 잡고 당부하고 당부하였는데
그대는 끝내 바람을 이기지 못하였구려

오면은 떠나야 한다는 것을
모르는 것은 아니지만
떠나는 일은 왜 그렇게 슬프고
지켜보는 이들의 마음은 왜 그렇게 아픈가

그대가 남긴 마지막 시집 펼치며
우리들은 이야기 합니다
참 따뜻한 분이었노라고.

술잔 앞에서

비극으로 끝난 사랑 얘기 나눈다
고독을 즐겨 하던 시절에서부터
고독이 무서워지는 지금에 이르기까지
낡지 않은 화면처럼 선명한 첫사랑
얘기 나눈다

입술 깨물며 그리움을 이겨낸 것이
잘 한 것일까
울창한 초목들이 고사된 산 같이
헐거워진 삶
삶은 어떠한 경우에라도 허무뿐이다

마주 앉은 친구 술잔에 술을 따른다
예전에 들었던
친구의 가슴 아픈 사연을 포개어
잔을 채운다
친구야 괴로워 말자 못 잊는 것이 있다는 것은
우리들 가슴이 아직 뜨겁다는 것이다.

사는 재미

흐르는 냇물에 상추 씻고
참 숯불 피워 삼겹살 구워
청량 고추 한 토막 된장 푹 찍어 얹어
한 쌈 싸 앞사람 입에 한입 쏙
또 한 쌈 싸 옆 사람 입에 한입 쏙
강아지도 한 점 입에 물려주고
소주 한잔 캬
사는 맛이 어떤 맛이냐고
바로 요런 맛이제이
구름도 지나가다 멈춰 내려다보고
바람도 지나가다 옆구리 쿡쿡
인생이 뭐 별 건가
위하며 위로받으며 사는 것이 인생이지.

소생의 기쁨

화단을 둘러보다가
메말라진 앵두나무 가지
꺾어보니 풋기라곤 없다

겨울이 너무 가물어 말라 죽은 것일까
엄동 설 못 견디어 얼어 죽은 것일까
이리저리 살펴보다가 어루만져도 보다가

메말라진 땅 파헤치고 물도 주며
지난여름 빨간 앵두 알알들 떠올리며
서운한 마음으로 하염없이 바라보다가

겨울이 지나고
볕 따뜻해진 봄 어느 날 아침
포기했던 마음으로 앵두나무 살펴보다가
앗
풋기 도는 앵두나무

오, 빛의 힘이여.

무씨

뿌리다가 남은 무씨 어찌할까
망설이다가
도랑 친 흙더미 위에 휙! 흩뿌려비리고
잔잔한 가랑비 지나간 뒷날 밭에 나가
곱게 다듬은 밭이랑에 정성 들여 뿌린 무씨
정성 들인 만큼 밭이랑 고르게 자리 잡고
뿌리 내려
아기 나비 날개 같은 두 개 떡잎 청초하여
흐뭇하다

나의 노동 댓가라 생각하니
애지중지한 마음도 생겨
이리저리 눈길 돌리며 살펴보다가
그러다가 마주쳤다

도랑 친 흙더미 위에 팽개치듯 흩뿌려버린
무씨들도
곱게 다듬은 밭이랑에
정성들여 뿌린 씨앗이나 다를 것 없이
거치른 땅에 거치른 대로 자리 잡고 뿌리내려

청초한 잎

아 바로 보기 민망하다.

꽃밭 풍경

꽃벌 한 마리 윙윙윙 날아오더니
동료가 차지한 꽃 가로채
꿀을 딴다
얌체 표상이다

또 한 마리 윙윙윙 날아오더니
이 꽃 앉아 더듬더듬
저 꽃 앉아 더듬더듬
그러다가 휙
다른 꽃으로 날아가 꿀을 딴다
얄미움 표상이다

꽃가루에 온몸 부풀어
꽃밭에 나동그라져 버르적거리는
꿀벌도 있다
꼴 볼 견 표상이다

킥킥킥
꽃들 웃음소리 들었는지
그 웃음소리가 민망했는지
꿀벌 한 마리 휙! 멀리로 날아간다.

까마중 일기

돌과 돌 이어놓은 세면 틈에 뿌리내린
기구한 생명
이리 보고 저리 봐도 낯익은 것이
까마중이다
어느 경로로 이 높은 7층 베란다
흘러내린 모래톱에 뿌리 내렸을까

버려둘 수 없는 정겨운 초목
조심스럽게 뽑아 화분에 옮겨 심고
아침저녁 물 주니
쑥쑥 자라 꽃망울 초롱초롱 맺혔다

이제 저 꽃들 피어 지면
꽃 진 자리마다 푸른 열매 맺히고
푸른 열매들은 차츰차츰 까맣게
익어가리

그러면 나는 어린 시절 동생들과 따먹든
그 까마중의 달콤한 맛을 그리면서
저 까마중을 따먹으리.

2020년의 봄

– 안부

우리는 지금 코로나19 전염병과
전쟁 중
저마다 마음 움츠린 겨울인데
그러거나 말거나 봄은
우리 곁에 가차이 와 있네

친구여!
세상이 이렇듯 흉흉한데
우리가 대처해야 할 일 무엇인가

갑갑한 참에 카톡에 담은
사진이나 몇 카트 보내네
우리 집 베란다에 빵빵하게 핀
매화꽃이라네

향기는 담아 보내지 못하지만
내 걱정과 염려 함께 담아 보내니
부디
코로나라는 이 정체불명의 불량아와
부딪치지 않기를 바라네.

싸리 빗자루

비록 죽어서는 쓰레기 쓸어 모으는
빗자루 되었지만
살아 있을 때는 넝쿨가지에 흐드러진 꽃
은은한 향기 풍겨
지나가는 사람들 한 번 더 돌아보게 했던 것을
기억 저편에서 되살아나는구나
미화원 손에 들려 쓰레기 쓸어 모으는
저 싸리 빗자루

문득 돌아봐진다
인연이 불연 되어 내 인생 스쳐 지나간 사람들
그 사람들 기억 속에 나는
어떤 인상으로 남아 있을까.

세상은 꽃이 있어

아름다운 것 아니다

제 4 부

어머니가 훌쩍

언제까지고 언제까지고
제 자리에 계실 줄만 알았던 어머니가
제 자리에 머물러 있는 듯 하여도
새벽녘이면 서편으로 기울어 있는 달처럼
그렇게 기울어 가고 있었다는 것을
어머니가 훌쩍 기울어진 후에야
알아차렸습니다

산 넘고 물 건너 정처 없이 흘러가는 달처럼
굽이굽이 흘러가시면서 서러워하셨을 내 어머니
당시에는 왜 지금처럼 애틋한 마음마저도
들지 안 했든가 그러려니 했던가.

여기는 어느 역일까

기차를 타고 먼 길 여행하다가
무엇인가 소중한 것이 들어 있는
묵직한 가방을 두고 내린 것 같은 날
여기는 어느 역일까
호젓한 길가 낡은 의자에 석양 등지고
앉아
돌아보니 한숨이 무겁다

쓰러지고 일어서고 또 쓰러지면서도
다시 일어서리라는 꿈꾸면서
바다와 같은 망망한 세상에 던졌던
그물망
그 그물망에 무엇이 건져 올려지기를 바랬든가.
그리고 건져 올려진 것은 무엇이고
남겨진 것은 무엇인가

허탈
허무
덧 없음뿐.

신께서는

승자는 되지 못해도 패자는 되지 말자고
헐떡거리며 달렸지만 여기까지다
충족하지는 못해도 무난한 삶 이대로 좋다
신께서는 이 세상 어떤 생명에게도
살아갈 수 있는 능력을 주시었다
후미진 산골 잡목가지 스물스물 기어오른
다래 넝쿨에
주렁주렁 매달려 놀놀히 익어가는 다래를
느긋한 자세로 따 먹을 수 있는 산 노루에게
꺽정다리가 있다는 것 그것이 그 증거다.

충고

고단하다고
힘 든다고
짜증부리지 마라 젊은이들이여
쓰러지고 일어서고
또 쓰러져도
일어설 수 있는 에너지는 젊음이다
먼 훗날
늙어보면 안다
일 할 수 있는 젊은 나이가
얼마나 행복했던가를.

인생길

고단할 때의 인생길
끝 보이지 않아
한스럽더니

고단함 면하고 나니
끝 보여
한스럽네.

한숨

깜양에 애쓰며 살았기에
요만한 삶 사는 것이라고
스스로를 위로하다가

아
십 년 만 젊었다면

때 묻은 무기 어루만지는
패잔병 회한처럼
이루지 못한 것 떠올리며 한숨 쉬네.

왜 하필이면

왜 하필이면
그렇게 쓰기 어려운 시를 쓰느냐고
누가 내게 물어 온다면
나는 이런 대답을
마음속에 준비하고 있다

긴긴 사연을
단 몇 줄에 담은 시를
곰곰이 생각하며 해석해보면
장편소설이라는 매력 때문이라고.

화단 일기

화단이 있는 집을 장만 했지요
자세를 꼿꼿이 세워가며 내 손에서 자라던
다섯 개 화분 국화 모두를 화단에 옮겨
심었습니다
비가 오면 비를 맞고 바람이 불면 바람을 맞고
제 멋대로 휘어지고 틀어지며 줄기가 굵어지더니
이 가을 형형 색깔의 꽃망울들이 작은 화단을
꽉 메웠습니다

자유로워져서 그런지 모두 해맑아 보입니다
어떤 놈은 휘어진 가지 밑에서 개구쟁이 아이처럼
빼꼼히 얼굴을 내밀고
어떤 놈은 키 큰 형제와 키 재기라도 하는 듯
목을 쭉 뽑아 다정스럽게 얼굴을 맞대고 있습니다

오늘은 전날 들어보지 못하였던 청명한 소리가
창밖에서 들려옵니다
내다보니 지빠귀 한 마리가 매화나무에 앉아
머리를 갸웃거리며 노래하고 있습니다

꿀벌들은 국화향기에 취하였는지
수평으로 편 두 날개를
국화꽃 앞에서 벌벌거리고 있습니다
나는 유리창 밖을 자주 내다보는 버릇이 생겼습니다.

옛 시절

붉은 종이돈 꼬깃꼬깃 구겨 주먹이 땀나도록
쥐고
이레마다 서는 장날 오 환어치 십 환어치
장보던 시절에
우리 이웃들은 참 정다웠다 그쟈

비라도 부실부실 내리는 날이면
삼륜차 지나다니는 골목길
대문 없는 쓰레트집 허술한 부엌
아궁이 앞에 쪼그려 앉아

연탄불에 보글보글 끓은 콩나물죽
나누어 먹으며
훗날에 훗날에 우리 모두 부자 되면
흰 쌀밥에 쇠괴기국 끓여 허리끈 풀어놓고
배 터지게 먹어보자든
양지쪽에 모여 종종거리는 병아리 같던 이웃들
그 이웃들 지금은 어디서 어떻게 살고 있을까
살아 있기나 할까

비 주룩주룩 내리는 날
고층 아파트 철문 꼭꼭 잠긴 베란다 창문 밑으로
오고 가는 사람들 내려다보면서
옛 시절 그려 본다.

숲속에서

하루의 시작이 언제나 그 자리에서
이루어지듯
하루의 마지막 역시 그 자리에서
이루어지고 있는 찬란한 순간입니다
떠났던 새들은 제 집 찾아 돌아오고
나그네 새들에게도 쉬어 갈 곳 무한이
열려 있는 광활한 숲속

이따금 스치는 바람은
침묵한 숲들의 고요를 흔들고
이따금 스치는 바람으로
숲들의 고요가 흔들리는 것은
사람 사는 이치와 같음을 깨닫게 합니다

옹기종기 마을을 이루어
피어 있는 꽃들에게서도 향수는 어리고
모름지기 내게 주어진 일생 중 하루가
머리털처럼 소르르 빠져 사라지는 이유도
초목이 피고 지는 계절 옆에서 배웁니다

모든 진리는 자연 속에 있고
사람은 그 배경 안에 있습니다.

어느 모자의 대화

소공원 벤치에 초라한 차림의 노인과
말쑥한 차림의 청년이 나란히 앉아 있다
나는 그들에게서 굳이 듣지 않아도
그들 언행에서 그들이 모자지간임을 알고 있다

청년은 연방
말없이 앉아 있는 노인 쪽 보며 말하고 있다
때로는 다정한 어조로
때로는 사정하는 어조로
그러다가 때로는 억지 부리는 말투이다가
때로는 짜증부리는 말투이다가
자기 뜻 이루려는 듯 반복하여 말하고 있다

나는 그들과 마주 놓인 벤치에 앉아
그들이 불편해하지 않을 몸짓을 하여 먼데 하늘을 본다
노랗게 물든 나뭇잎 사이로 바라 뵈는 파란 하늘을
내 작은 한눈에 다 들어오게 한 하늘의 뜻을
헤아려 보면서.

감사한 날

붉은 노을 가시고 어둠 내리면
귀가하는 사람들처럼
나무 품으로 모여드는 집 없는 천사 새들

가로등 불 하나 둘 밝혀지고
집마다 창문마다
별빛 같은 등불 반짝거리면
방안에서는 가족들 둘러 앉아
도란도란 저녁을 먹고
부엌에서는 달그락 달그락
설거지를 하고

저처럼 평화로운 자연들과
이처럼 정다운 가족들과
도란도란 어울려 사는 세상에
내가 있다는 것이 이토록 감사한 날.

어부의 꿈

암흑 같은 밤바다 그 바다로 가기 위해
발동선 엔진 건다
순간 600볼트 전조등들 일제히 눈부신
빛을 내고
눈부신 빛 보고 몰려올 오징어 떼들
아 젊은 어부의 뇌리에서는
만선으로 돌아오는 깃발 펄럭인다

어문니여 걱정 마소
늘상 어문니가 말하지 않았는 겨
니는 용왕의 아들이라꼬

기복 심한 바람 불 거라는
예보 들었다며
걱정스러운 얼굴빛으로 따라 나온
어문니 향해
손짓하는 어부 마음은 희망에 차다

어문니여
이번에 만선으로 돌아오면

서울로 유학 보낸 막내둥이 학비는
걱정 안 해도 될끼요

그렇게 뒷말 남기고 떠난 아들
돌아오지 않은지 3년
오늘도 어부의 어문니는 바닷바람 맞으며
바닷가를 서성거린다.

나무들의 생각

나무들이 생각에 잠겨있다
나무들은 가물지 않고 간간이 비 내려주기만을
바라는 그 한 가지만의 생각으로 살아간다
나무들에게 굳이 물어보지 않더라도
나무들에게서 굳이 대답을 들어보지 않더라도
알 수 있다 나무들의 표정을 보면

사람들이 생각에 잠겨 있다
사람들은 욕망을 채우기 위한
근심과 걱정 뒤엉킨 생각으로 살아간다
사람들에게 굳이 물어보지 않더라도
사람들에게서 굳이 대답을 들어보지 않더라도
알 수 있다 사람들의 표정을 보면

두 생명의 수명을 생각해 본다
한 가지만의 생각으로 살아가는 나무들은
백 년 넘어 천 년을 산다
욕망과 근심과 걱정 뒤엉킨 생각으로 살아가는
사람들은
백 년 삶도 희망일 뿐이다.

봄

지구가 한 바퀴 돌아
제 자리로 돌아오는 동안
낙오된 생명의 수 얼마나 될까
끈질기게 살아 돌아온 생명들이 있어
대지의 봄은 저렇듯 찬란하다
매화 꽃망울 터지는가 싶으면
목련 봉오리가 부풀어 오르고
실버들 가지 풋기 도는가 싶으면
그러는가 싶으면 어느새
나무들 저마다 연초록 잎 물결치고
까치 부부는 둥지를 트는지
열심히 마른 나뭇가지를 물어 나르고
세상은 온통 환락가처럼 야단스럽다
그러나 저 환락가처럼 야단스러운 세상을
바라보는 내가 없다면
그리고 내 곁에 네가 없다면
다 무슨 소용이랴 저 환락 한 것들이.

돈 사설

꼴이 이게 뭐냐
세상 빛 볼 때는
미모 고운 미망인과도 같이 도도해서
눈길 한번 주지 않던 너
선반 위 얹혀 있는 곶감처럼 키 작은 날 울리더니
저 키 큰 관료들 품에는 넙죽넙죽 안기어
희희낙락거리다가
본처에게 들통이 나 치도곤 당한 내연의 처 맨코롬
어느 뒷골목 은신해 있다가 요처럼 추한 꼴 되어서야
왔느냐
어디 좀 보자 아니 이놈을 보자

오 이놈 너는 보아하니 생선장수 줌치를 거쳐서 온
모양이로구나
팍 터지는 비린내 허며 눈물 콧물 같은 찝찝한 비늘
우슬우슬 떨어지는 거 허며

그으래 여기가 어디더냐 명색이 한국 제2의 도시
국제항구라는 호를 갖고 있는 부산 아니더냐.
니 내게 좀 물어다오 니가 할 일이 무엇인가에

대하여
니가 물어온다면 나 이 사람 확실하게 대답해 주마

니는 본시 닭 나무라는 이름 가진 초목으로써
병든 사람에게는 약 되어 주고
입을 것 없는 사람에게는 옷 되어 주고
덮을 것 없는 사람에게는 이불 되어
따뜻하게 해주는 것이 니 본분이거늘
니는 어찌하여 온갖 패륜 다 저지르고 다니면서
때로는 요염 떠는 천기로 둔갑하여
세인들 마음 울리고 다니느냐 고오연 돈아.

석이 아버지

내 집 한 칸 마련하여 머리 큰 아들애 딸애
방 한 칸씩 정해 주고 아비로써 가장으로써
체면 가림 하고 어깨 펴고 살 거라고
뼈 빠지게 모은 재산 겨우겨우 셋방살이 면하고
9천여만 원 전세 들어 살면서 그럭저럭 내 집 마련
길 보여
하는 일 고단해도 즐거웠는데
이 무슨 바람인가 미친바람
눈만 뜨면 따불 따 따불
어이쿠 빌어먹을 놈의 세상
내 생전에 내 집 마련은 물 건너갔네 그려
땅 꺼지게 한숨 쉬는 석이 아버지 가슴
누가 쓸어 주나.

제 5 부

살릴 수도 있었는데

시장에서 사온 부추 단에 묶이어온
벌 한 마리
부추단 푸는 순간
부르르 날개 떨며 공격태세다
순간적으로 손에 붙어 있는 벌 창밖으로
뿌리치듯 던져버리고
하던 일 마저 해놓고
베란다 창문 활짝 열어놔야겠다고

그러면 탁 트인 허공 훨훨 제 살길 찾아
날아가겠지
마음속으로 먹은 그 생각
이튿 날 아침
베란다 바닥에 나동그라져 죽어 있는 벌
보는 순간에서야 나네

부추단에 묶이어 숨 막힘 속에서도
죽지 않으려고 버둥거렸을 한 생명
살릴 수도 있었는데.

평화 공원에서

아름드리 편백나무 마주한 벤치에
동행한 반려견 꼬질꼬질한 목줄 쥐고
소주병과 나란히 앉아 있는 늙은 사내
취기 돈 말투로 내게 말 건넨다
여기 좀 쉬었다가 가소

나 역시 반려견 수동이와 아침 산책
나온 터라
취향이 같을 거라고 생각하는지
못들은 채 지나치는 내 뒷모습에 대고
불평이라도 하듯 구시렁거린다.
좀 쉬었다가 가면 좋겠구만,

얼마 전 사내의 반려견 목줄이
빡빡하게 죄어져 있어
느슨하게 묶으라고 이른바 있어
사내와 나는 구면인 셈이다

오늘도 사내는 반려견 목줄 목숨처럼
꼭 쥐고

아름드리 편백나무 마주한 벤치에 앉아

비애를 안주로 씹으며 술을 마신다.

고양이 산실

지하실에 고양이 산실이 있다
엄동 설에 새끼 낳을 곳 찾다가
운 좋게도 따뜻한 보이라 실 있는 우리 집
지하실에
어미가 제 털 뽑아 포근하게 산실 꾸미고
낳은 새끼 4마리
나는 어느 날인가부터 고양이 새끼들의
대리모가 되었다
외출한 어미가 돌아오지 않기 때문이다

어미는 왜 돌아오지 않는 것일까
돌아올 수 없는 상상하기조차 하기 싫은 일
당한 것은 아닐까
눈물겨운 마음으로 아기 고양이들을 살피지만
어미가 그리운 새끼들은
서로 체온을 의지하고 있다가도
작은 기척소리에도 날렵하게 주변 살피며
8개 눈이 반짝거리는데
어미는 왜 오지 않는 것일까
벌써 일주일인데.

소박한 소원

많이 좋아 졌어
조금만 더 좋아지면 퇴원해도 될 것 같아
폐암 말기 울 이모
이루어질 수 없는 이모 소망이 나를 많이 울렸지요

추석이 며칠 남지 않았는데 시장도 봐야 하고
차례 상에 올릴 음식도 해야 하고
그전에 퇴원해야 될 텐데

요리하는 것을 즐겨하던 울 이모
이모 소원 단지 그것뿐이었을 까만
소박한 그 소원마저도 이루지 못하고
하늘나라로 떠나신 이모

이모의 모진 운명을 슬퍼하면서
이모가 그토록 차리고 싶어 하든
앞에 간 이들의 영혼을 위한 아침상을
이모 영혼을 위해 차립니다 추석날 아침.

기부寄附

문학상금으로 받은 3백만원 어디에 쓸까
궁리 끝에 사회 복지에 기부하기로 한다
딴엔 고뇌의 방에서 탈고한 수확이니만큼
값지게 쓰자고 내린 결정이다

그렇지만 돈이라는 것은 워낙 인기가 많아서
갈 곳도 많고 가고 싶은 곳도 많고
기다리는 곳도 많아서
기부하기로 마음은 먹었지만
사실
기부하기 전날 밤까지 망설였는데

후원자님께서 주신 기부금으로
월세 방값 밀리어 집을 비워줘야 하는 가정
구하였노라는
복지 담당자에게서 보내온 문자 받아보는 순간
아 잘 했구나
정말 잘 했구나

통 크게 마음 비우지 못하고 망설였던 것을

부끄러워하며

스스로의 마음 쓰다듬어 보는 날.

어떤 떠남

될 수 있는 대로 급여는 저축하고
고생되더라도 오래오래 있으라고
그런 후에 폼 나게 살으라고
이르고 일렀건만
화투놀이가 광인 그녀
그래서 들리는 소문에 의하면
가정 파탄까지 났다는데
그 병이 도진 것일까
홀연히 떠나버렸다

2년 전 어느 날
보따리 하나 달랑 들고
내 사업에 일원으로
숙식하며 일할 곳 얻은 것을
퍽 요행으로 여기는 눈치였는데
그래서였을까
잔소리 같은 내 불평도
곧잘 소화해 내곤 하였는데
이래저래 미운 정 고운 정을
헌 옷가지처럼 팽개쳐버리고
떠나 버렸다.

시 쓰는 묘미

말 한마디 배우고

신기함에 기뻐하는 어린 아이처럼

나는

시 한수 내 생각대로 써질 때

신기함에

어린 아이처럼 기뻐한다.

서석지

– 경북 영양군 입암면 연당리 연못

경정에 앉아 연꽃잎 바라보니
칠월이 저무는 것을 알겠네

암홍 빛 암석에 앉아
거문고 뜯던 선비 비단 옷자락 같은
초록빛 연잎이여 분홍빛 꽃잎이여

찬만큼 빠지고 빠진 만큼 찬다는
물 수위 반몸 담그고
풍류 즐기던 옛 주인 그리는가
동그만이 하늘만 올려다보는
저마다 이름 가진 암석들이여

풍운의 세월 몇 백 년인가
오늘도 찾아든 문객 심상에
시운이 뜬다.

폐품 줍는 할머니

굽어진 허리가
살아온 배경 말해준다
무한할 수 없는 유효기간 때문에
소멸되고 말았을 저 할머니 젊은 시절
무지갯빛 꿈은 어느 전당포에 맡겨져
유효기간 훌쩍 넘겨버렸을까

팔자 속이려니 운명이려니 받아들이며
모진 풍파 속도 어머니라는 이름으로
뛰어들었을 저 할머니 한 생애

늘그막에 사 맛본 것이랴
자신의 호주머니 채우는 재미
맛본 것이랴
황혼이 물드는 거리에서
먹이 찾아 헤매는 늙은 유기견처럼
폐품 줍는다,

평화로운 대화

– 반려견 수돌이와

누구에게도 말하기 뭣한 심중의 말을
들어주는 네가 있어 좋다
때로 답답한 일이 있을 때에도 나는 너를
내 앞에 앉혀놓고 말할 수 있어 좋아
가끔 심심하다는 생각이 들 때에도 나는 가장 먼저
너를 떠올려 너를 부르지

그러면 너는 보이지 않는 곳에 있다가도
쏜살같이 달려와 내 앞에 앉아
무슨 일이 있느냐고 묻는 듯이
고개를 갸웃거리며 귀를 쫑긋거리지
내가 별일 아니라는 듯 싱긋이 웃어 보이면
너는 쫑긋거리든 두 귀를 이내 멈추고
살래살래 꼬리 흔들며 즐거운 표정을 져 보이고
내가 썩 기분이 좋아 보이지 않거나 우울해 보일 때는
너는 너의 그 특유한 동그란 큰 눈을 내 눈에 맞추며
무슨 일이 있는지 말해 보라는 다그치는 듯한
표정을 져 보이기도 하지

오늘도 너는 내 심중의 말을 두 귀를 쫑긋거리며

들어주고
나는 나들이를 좋아하는 너에게
봄나들이 계획을 말해준다.

아침 산책길에

고운 날개 곱게도 접고 죽었구나
비둘기 한 마리
동백나무 밑에

무슨 사고였을까
아직 아기 모습인데

죽음은
하늘의 뜻이라 하여도 측은지심

지나쳐 가던 발걸음 되돌려 와
감지 못한 어린 것의 눈물 젖은 두 눈을
하얀 화장지로 감싸
초목 아래 묻는다

좋은 곳 가라고 명복도 빌지만
이 세상보다 더 좋은 곳은 어딜까.

까치둥지

가로수로 심을 초목
이동 중이었데요 대구에서 부산으로
목적지에 이르러 차 멈추고
수목 내리려는데
뒤따라 온 듯한 까치 두 마리가
주변 맴돌며 슬프게 울더라고

예감이 불길한 아저씨
긴장된 마음으로 수목 가지 들춰보며
마음 아팠다고
간신이 나뭇가지에 매달려 있는 둥지에는
알에서 갓 깬 새끼들이
저희들끼리 똘똘 뭉쳐 꿈틀거리고 있는 것을 보면서

그 말 듣는 순간
나도 가슴이 울컥 했어요
까치 부부가 제 새끼들 싣고 달리는 차
놓치지 않으려고
얼마나 가슴 조이며 날갯짓 했을까 생각하니.

애달픈 기다림

동고동락하던 반려견 호젓한 곳에 버리고
무심히 돌아서는 주인 뒷모습 바라보며
울부짖었을 저 작은 생명

버리러 가는 줄도 모르고
나들이 간다고 꼬리 흔들면 따라나섰을
저 천진한 것
데리러 올 것이라는 믿음으로
철석같은 믿음으로
버리고 간 그 자리 떠나지 않는 저 충직한 것

여름 지나고 가을 지나고 겨울이 와도
기다리고 있으라는 그 한마디 남기고 돌아선
주인은 오지 않는데

멀어져 가는 주인 뒷모습 바라보던
하염없이 바라보던 그 눈길
돌리지 못하는 저 애달픔 기다림.

아기 딱새

아기 딱새 한 마리 옥상 세면바닥에서
어줍잖은 날갯짓으로
이 벽 들이박고 저 벽 들이박고
나동그라지다가 곤두박질치다가

어미 딱새 빨랫줄에 앉아
어구어구 잘한다
잘한다 우리 애기
쭈뼛 꽁지 올렸다가 쭈뼛 꽁지 내렸다가

나 덩달아 에그에그 저 이쁜 것
박 터질라 쭉지 부러질라
손에 든 플라스틱 물바가지
들었다가 놓았다가.

독도는 말한다

망망한 동해에 우뚝 솟은 화산섬
국적은 대한민국 이름은 독도라오
파도에 씻기울 듯 외로이 서서
동해를 지키는 만년지기 파수병

곁에는 늠름한 울릉도 기상
멀리에는 수많은 오징어 배 고동소리
바람도 지나가다 쉬어가고
노을도 뉘엿뉘엿 사색에 잠기는 곳

침탈을 꿈꾸는 외인들이여
나를 놓고 혀 닳도록 애걸하지 마오
나는 신이 주신 천혜 자연
대한민국 영토에 태어난 작은 돌섬

초목도 흘러가다 정착하고
갈매기도 날아들어 사랑을 맺는 곳
내 국적은 대한민국 이름은 독도라오.

잠자리

사뭇
흔들리는 풀잎 끝에
한사코 앉으려는 시도 반복하는 잠자리를
생각해 본다
꼭 붙잡고 싶은데
잡히지 않는 것 때문에 마음 겉잡지 못하고
흔들리는 날.

어느 수감자에게 보내는 답신

서신으로 첫 대화이고 보니 무슨 말을 어떻게 나눠야 될지
무궁무진한 말 중에 이 말 한 마디는 꼭 해드리고
싶습니다 나비의 우화에 대해
우리가 보는 나비는 그야말로 신선 아니든가요
그렇지만 나비의 출생지는 어둡고 칙칙한
작은 초롱입니다
그 초롱 속에서 푸른 하늘과 맑은 공기를 호흡하며 허공을 가를 변신을 꿈꾸지요
그리하여 어느 봄날 초롱이 배시시 열리면서 세상에 나온 한 생명체
그 생명체는 습한 날개를 햇볕에 말리는 것을 시작으로
그토록 갈망하던 꽃밭을 향해 날갯짓 하지요

잘 알고 계시겠지만 이 모든 움직임들은 자연의 섭리에서이고
자연의 섭리는 신의 손짓이지요
그렇게 여기십시오 선생님에게 당면한 현실을 운명의 장난이라고
어느 날 불행의 여신이 내밀은 유혹의 손길을 뿌리치지 못한 것이 원인이 되어

한 시절을 초롱 속 나비처럼 우화할 날 꿈꾸며 살고 있는
선생님의 현실을

머지않은 날에 우화한 나비처럼 눈부신 태양을 가르며
날갯짓 하는 그날에는 절대 위를 올려다보는 삶 살지
않겠노라고 자신과 약속하십시오
위를 올려다보면 갖고 싶은 것이 많은 세상이 보이고
아래를 내려다보면 주고 싶은 것이 많은 세상이 보이기
때문입니다

선생님께서 주고 싶은 것이 많은 세상이 보일 때
그때는 분명 선생님에게 행운의 여신이 손을 내미실 것입
니다
꼭! 그렇게 되시기를 천지신명께 빌겠습니다.

신의 분노

문명의 발전으로
자연은 파괴 되었다
신의 손바닥에 살던 우리는
우리 손에 신을 올려놓는 세상을 만들었다
신은 지금 어떤 분노 안고
우리에게 보복을 꿈꾸고 있을까.

나에게 불로초는

비록 티끌만 하지만 말여요
그래도 나는 이 세상에
무엇을 남길 것인가 생각해 봐요

육십년 살던 삶
백년을 사는 세상 되었는데
그 긴 세월동안을 공으로 살아서야…

나무가 쓰러지지 않기 위해서는
물기가 돌아야 하는 것처럼
그 물기 빨아올리기 위해서는 나무가
제 뿌리를 혹사시키는 것처럼
우리네 인생은 제 가슴을 혹사시키면 돼요

그래서 나는 나에게 이릅니다

내 육신을 마르지 않게 하는 것은
시인으로써 서정이니
서정시를 쓰는 것이야 말로
내 육신에게 활력을 주는 불로초라고.

아홉 번 째 시집을 펴내며

인생은 우주 밖으로 흘러가 별

보이지 않으면 그리운 이름으로 남고저……

시의 세계를 걸어온 세월 어언 사십 년

아홉 번째 시집을 마무리하면서 살아온 세월을 돌아본다.

남보다 더 많이 아는 것도 없고

남보다 더 많이 가진 것도 없지만

많은 사람과 교감하고 많은 사람과 마음을 나누며

살아온 삶에는

그래도 따뜻하게 나누어온 인연들과의 정들이

애틋함으로 다가오기도 하고 한편으로는

못다 한 것들이 아쉬워 그리움으로 나를 슬프게도 한다.

시는 자기가 표현하고자 하는 뜻을 어떻게 주지

시키느냐에 따라 성패가 있다고 한다

그것을 잘 알고 있지만

그러나 시 한편 완성하는 일은 그리 만만치 않다는 것을

시를 쓰는 이들은 공감하리라

마치 엉클어진 나무줄기를 가지치기하는 정원사라고나
할까

〉

어떤 과학자가 임종 직전의 사람을 저울 위에 올려놓고
임종 직후의 몸무게를 비교해본 결과 230그램이 가벼워
졌다고 했다
이것은 육체를 떠난 영혼의 무게라고 했다
그렇듯 나의 몸무게에서 시라는 영혼의 무게를 뺀다면
나는 깃털처럼 가벼우리라.

2022년 봄

저자 류수인